Collection Onze

Mia Magelle

Nouvelles

EDITIONS ARSENT

© EDITIONS ARSENT, 2016

A ma Maman

Souvenirs vagabonds

Cette nuit-là il avait plu. Et lorsqu'à quatre heures de l'après-midi une petite fille rentra chez elle, il faisait grand vent. Cette fille, c'était Pia. Ses cheveux et sa robe volaient au vent. Elle n'avait pas de devoirs et toute l'après-midi devant elle pour jouer.

Elle tourna et arriva à la Rue des Champs. A quelques mètres d'elle, un homme était assis sur les pavés. Il avait des vêtements sales et troués par le temps. Seule une fine couverture le protégeait des intempéries.

Soudain, un carnet s'envola, emporté par le vent. L'homme tendit une vaine main vers lui, mais il ne réussit pas à l'attraper. Le carnet allait toujours plus haut. Pia sauta et ses mains se refermèrent sur la couverture verte et froissée du carnet.

Elle le tendit au mendiant. Il ne dit rien, le prit et le posa à côté de lui. Pia savait que ces gens-là étaient toujours seuls et ne parlaient à personne. Alors elle dit :

– C'est qui ton ami ?

L'homme la regarda, stupéfait. Jamais personne ne lui avait posé pareille question. Depuis plus de vingt ans, jamais personne ne s'était intéressé à lui. Ou alors on lui avait posé des questions comme « Votre nom, prénom, et adresse s'il vous plaît ? » et le fait qu'une petite fille qu'il ne connaissait même pas lui demande qui était son ami le bouleversait complètement.

Le voyant perdu dans ses pensées, Pia demanda encore :

– Qu'est-ce qu'il y a dans ce carnet ? C'est important ?

L'homme était de plus en plus abasourdi. Jamais personne n'avait vu ce qui le liait à son carnet, et voilà qu'une fillette le comprenait ! Il dit :

– Je ne sais plus… Je ne sais plus ce qu'il y a dedans.

– Eh bien ouvre-le ! Pourquoi ne le fais-tu pas ?

– Je ne sais pas... Ça fait si longtemps !

Pia le comprenait. Ce carnet était pour le vagabond un vieux souvenir. Tout le monde a peur de ses souvenirs. Peur d'être déçu par sa propre histoire. L'homme avait honte de ses actes. Mais il faut oser se rappeler le passé. Oser se retourner, oser regarder le chemin parcouru. Et Pia le savait. Pia reprit le carnet. Sans l'ouvrir, elle l'examina :

– Effectivement, il est vieux. Mais il peut te rendre heureux, car c'est lui ton ami. Je le sais. Il faut que tu l'ouvres. Vas-y !

Et elle le lui redonna. Le pauvre homme regarda la couverture, la caressa du dos de la main. Après un instant, il l'ouvrit lentement.

Sur la première page rongée par le temps était écrit à la main « Mes souvenirs ». Le vagabond tourna la page. Sur la seconde était collée une photo en noir et blanc. En dessous on pouvait lire « Ma classe, mes copains, 1970-71, Azur ». En-dessus de trois garçons étaient écrits des noms. Pia n'eut pas besoin de poser de question car l'homme raconta :

— Cela fait longtemps… Si longtemps ! J'étais à l'école Azur. J'avais huit ou neuf ans et trois copains inséparables. Le grand rouquin, là, c'est Alain. Le blond rondouillard, ici, c'est Nathanaël. Et puis il y avait aussi Chris. Avec sa boucle d'oreille et sa mèche devant les yeux, il était toujours assez fier de lui, disons. Il était bon élève. Il rêvait d'être médecin plus tard. « Rien ne vaut une bonne piqûre quand on est malade » répétait-il. Et puis il y eut l'accident. Il descendait comme un fou une route pentue en patins à roulettes. Chris se retrouva face à un camion. Pas moyen de l'esquiver, pas moyen de freiner. Il s'en tira avec une fracture à la jambe. Pour la rafistoler, un médecin endormit Chris. C'était une étudiante. Elle dépassa la dose et Chris ne se réveilla plus. Je garde le sentiment de culpabilité ressenti lorsque j'ai appris la mort de mon ami. Ma mère m'avait demandé d'aller acheter du pain au marché, en-bas de la colline. Chris voulait m'accompagner. J'avais alors proposé que le dernier arrivé achèterait une sucette au gagnant.

— Quand je suis allé rendre visite à ses parents après sa mort, sa maman m'a dit « Avant son opération, Chris m'a dit de te donner ça de sa part. » C'était une sucette. Chris aurait sans doute fait plus attention s'il n'avait pas été motivé par mon stupide pari. J'ai encore la sucette. Je la garde.

– Peu de temps après, Alain eut un petit-frère et déménagea dans une maison plus grande. Je ne le revis plus, mais je ne l'ai pas oublié. Je me sentais toujours coupable et j'étais triste. Nathanaël essaya de me consoler, mais il ne comprenait pas pourquoi je ne mangeais pas la sucette. Nathanaël était aussi très touché par la mort de Chris. C'était son plus proche ami. En grandissant, malheureusement, Nath (c'était son surnom) devint de triste renommé. Voleur, cambrioleur, il fut renvoyé de l'école à seize ans pour passer quelques mois en prison. Personne n'osait prononcer son nom dans la cour de récréation. Quand cela m'était autorisé, j'allais rendre visite à Nath en prison. On parlait des blagues de Carambar, de Chris, des remplaçantes, des chants pour le premier mai. Dans ces moments-là, je retrouvais derrière ses allures de bandit mon bon vieux copain de classe, son rire naïf et son regard innocent.

Pia était captivée. Elle avait hâte de découvrir la prochaine page. Sur cette dernière était collée une seconde photo. Elle représentait un jeune garçon aux cheveux noirs qui devait être le vagabond, et un autre garçon qui lui ressemblait beaucoup. Leur seule différence était les lunettes que portait le deuxième garçon. Le vagabond reprit :

– C'est mon frère, William. Il a une année de moins que moi. Quand cette photo a été prise, en novembre 1972, j'avais dix ans et lui neuf. William aimait être seul. Depuis qu'il était tout petit, il disait vouloir être libre, et il trouvait qu'avoir un frère toujours derrière soi n'était pas un signe de liberté. Un jour, le seize décembre, je m'en souviens comme si c'était hier, William me demanda s'il pouvait aller jouer dans le jardin. J'ai acquiescé, à condition qu'il mette ses gants, son bonnet et sa veste. Il me remercia, ce qui était étrange de sa part, m'ébouriffa les cheveux – de plus en plus inhabituel – et descendit s'habiller en riant. Je me suis dit que c'était la neige qui lui faisait cet effet-là. Par ma fenêtre j'entendais des rires d'enfants. J'imaginai William en pleine bataille de boules de neige. Je fis mes devoirs, lus un livre. Une heure passa. Je mangeai les quatre-heures, regardai un film. Encore une heure passa. Le soir venu, au moment de manger, je sortis appeler William pour dîner. Mes yeux balayèrent le sol blanc, puis le ciel noir où brillaient mille étoiles. Un frisson me parcourut. Mon petit-frère avait disparu. Par ma faute.

– Quatre ans passèrent. Je n'étais plus moi. Des

images de William tremblant de froid, criant de faim ou encore s'écroulant de fatigue au plus profond de la nuit me hantaient. Car pour moi c'était certain : William n'avait pu survivre que quelques jours après sa disparition. Je me sentais coupable de tout ce qui arrivait. D'abord, la mort de Chris. Je n'avais pas tenu compte de mon rôle d'enfant de neuf ans. Je n'avais pas observé les risques et périls de mon pari. J'avais encouragé mon ami à dévaler une route raide pour une sucette à vingt centimes. Ça lui avait coûté la vie. Puis j'avais laissé dérailler Nathanaël. Il avait su me consoler, et moi, trop égoïste, je n'avais pas voulu voir la tristesse de Nath. Je sentais son désespoir mais j'avais trop d'orgueil, et je l'avais laissé prendre la plus terrible décision de sa vie : celle de ne pas être gentil mais méchant. Plus ridicule encore, j'avais essayé de me rattraper à coup de blagues Carambar. Et enfin, William. Je l'avais autorisé à sortir sans le surveiller. Il est parti. Il ne reviendra pas. Je ne suis plus un grand-frère. Et même, je n'ai jamais été un grand-frère, mais qu'un pauvre gosse qui ne sait pas prendre ses responsabilités.

Là, le vagabond s'arrêta. Une larme coula sur sa joue. Il ne s'aimait pas. Il se détestait. Pia le voyait. Elle dit :

– Raconte encore. Il faut que tu parles.

L'homme essuya d'un revers de main ses larmes, et tourna la page. Sur une photo se tenaient le vagabond et un autre adolescent. La légende disait « Mai 1976. Fil et moi, au Parc Vert ».

– Cette photo a été prise lorsque j'avais quatorze ans, lors de ma première rencontre avec Fil. Son vrai nom c'est Philémon Flamme. Au parc, il jouait de l'accordéon pour se faire de l'argent de poche. Il était très, très doué. On est vite devenu ami. Malheureusement, il ne venait dans cette ville qu'un jour tous les trois ou quatre mois pour voir sa grand-mère. On se racontait tout. On était confiant l'un-l'autre. Je lui racontai comme je me sentais coupable de tout ce qui était arrivé. Lui aussi avait perdu des êtres chers. Cependant, Fil arrivait à garder le sourire. Un jour, je lui ai demandé ce qui arrivait à le rendre heureux. Fil m'a répondu « Tu entends les morceaux que je joue avec mon accordéon ? Eh bien, je les ai écrits avec mes amis. A chaque fois que je les joue, ça me rappelle les répétitions, les blagues qu'on se disait, l'odeur de bois de la grange dans laquelle on jouait et écrivait les partitions. Ça me rappelle mes souvenirs. Juste les meilleurs : mes amis. » Je lui avais alors demandé ce qu'étaient devenus ses amis. Mais il ne m'avait pas répondu.

– Pendant deux ans ce fut la même chose. Il venait, on se racontait tout, puis il partait, et je cochais les jours jusqu'à ce qu'il revienne. Et un jour, il n'est pas venu. Le lendemain non plus. Ni dans la semaine, ni dans le mois qui suivit. J'attendis encore six longs mois. J'appris quelques années plus tard qu'il était mort lors d'une mission militaire en Méditerranée.

Là encore, l'homme arrêta son récit. Son regard était perdu. Il fixait un point invisible sur la photo. « Ce doit être la première fois depuis des années qu'il repense à tout ça » pensa Pia. A la place de l'homme qui n'en avait plus le courage, elle regarda la page suivante. Cette fois-ci, il n'y avait pas de photographie. C'était un dessin encore à l'état de croquis. Le vagabond n'avait plus touché au carnet depuis longtemps, car sous le croquis était inscrite la date 2010.

L'homme avait rapidement dessiné une rue pavée qui devait être la Rue des Champs, et un homme aux cheveux noirs : c'était lui. Il avait également dessiné un petit garçon à lunettes, assis sur le rebord du trottoir d'en face. William.

Pia regarda le vagabond. Il était pâle, très pâle. Pia mit une main sur son front. Il était glacé. Les yeux de l'homme perdaient de leur éclat. Il murmura :

– William… Je veux qu'il revienne… Et Chris, et Nath, et Fil… William, Chris, Nath, Fil… William, Chris, Na…

Les paupières de l'homme se refermèrent. L'homme ne respira plus. Il n'avait pas eu le temps d'apercevoir sur le trottoir, un petit garçon de neuf ans, souriant. Ni d'écouter la douce mélodie d'un accordéon venu du ciel. Ni de voir arriver à tout allure, un enfant sur ses patins. Ni encore d'entendre le rire d'un petit gars qui tenait encore l'emballage d'un Carambar au dos duquel était écrite la blague qu'il venait de lire.

L'homme était parti sans voir tout ça. Pourtant, Pia aurait juré avoir vu le vagabond sourire.

Cette blague, il la connaissait.

Fin

Le Hibou

A Éloi et à tous ceux qui ne voyagent pas

Il était une fois un hibou. Toutes les nuits, le hibou se perchait sur une branche d'un grand sapin noir et regardait le ciel. Il s'ennuyait. Toujours il regardait le ciel bleu ou noir, avec ou sans lune, avec ou sans étoile. Ses yeux jaunes brillaient dans l'obscurité, ses ailes étaient plaquées contre son corps, ses serres refermées sur la branche. Tous les soirs, depuis si longtemps.

Une nuit, il croisa un oiseau migrateur, une mouette des brumes. La mouette remarquant l'air triste du rapace, lui demanda ce qui n'allait pas. Le hibou lui dit « Toi, tu as de la chance, tu voyages ! Moi, je suis obligé de me contenter d'un simple ciel. Je passe mes nuits à regarder une nature morte, un décor immobile. Toujours terne et bleu, sans vie, sans histoire! J'aimerais voyager, découvrir d'autres paysages mais ça m'est interdit, je dois rester sur mon sapin. Toi qui voles à travers terres et mers, raconte-moi le monde ! »

Alors, la mouette prise de pitié devant cet oiseau désespéré lui raconta. Elle lui raconta la mer aux mille reflets, l'écume blanche contre les rochers noirs, l'odeur humide du sable et des vagues, le vent qui pousse les nuages, les trésors cachés au plus profond de l'eau… Elle lui raconta la ville qui s'éveille, le bruit des voitures, la hauteur des gratte-ciel, l'odeur de l'essence et de la pollution, la vitesse des avions, les poubelles qui débordent et le rire des enfants. Elle lui raconta aussi le parfum frais de la rosée sur l'herbe, la couleur des fleurs, les immenses montagnes et le soleil couchant.

Pendant un instant, le hibou rêva, il rêva d'un monde qu'il ne connaissait pas, de toutes ces merveilles qu'il n'avait jamais vues, et pendant un instant, il pu voyager, transporté par les paroles de la mouette.

Puis, ce moment magique passé, la mouette reprit « Tu vois ? Il n'y a pas besoin de voyager pour rêver, être heureux et ne pas s'ennuyer. Il suffit de vouloir croire au bonheur. Alors tout reprend forme et couleur, chaque être et objet a sa propre histoire et valeur. Le bonheur ce n'est que ta volonté à croire que tout est beau, que tout a sa raison d'être. C'est simplement ta détermination à croire que la vie est belle. Il suffit de le vouloir. Il suffit d'y croire. C'est si simple. Et pourtant tant de gens meurent sans jamais avoir été heureux... » Et la mouette s'envola.

Lorsque vint l'heure pour le rapace de se percher sur sa branche, le hibou savait que plus jamais il n'allait regarder le ciel de la même façon.

Cette nuit-là, il contempla cet océan de lumières avec une vraie passion. Et il inventa des dizaines d'histoires sur les étoiles. Ainsi elles devinrent tour à tour des étincelles figées, des flocons de neige argentés, des larmes de lune, des edelweiss de l'espace et les yeux des nuages.

Jamais plus le hibou ne s'ennuya, perché sur son sapin noir.

Fin

Automne

A Line et à tous les souvenirs

En plein automne, j'errais sans but. Je n'allais nulle part. De toute façon, où que j'aille personne ne m'attendait. Je n'existais pour personne. Je faisais partie du décor. Enfant parmi tant d'autres, invisible et oublié. J'observais le monde triste et cruel dans lequel on vivait, moi et sept milliards d'autres. Ce monde artificiel et pollué, fait de guerres et d'injustices. Tant de victimes innocentes, tant de haine et de colère, tant de violences et de souffrances. Mais enfin, pourquoi ? Oui, pourquoi ? Je me posais cette question en traversant la ville. Pourquoi Dieu a-t-il créé les Hommes ? La créature la plus intelligente connue sur terre a inventé la haine, le racisme, le mensonge et la guerre. Alors pourquoi ? Je restai sans réponse à cette question. D'ailleurs, peut-être qu'aucune réponse n'existe vraiment. C'est comme se demander pourquoi la vie existe, ou pourquoi la terre a été faite. Il n'y a pas de réponse à cela.

Je me rendis soudain compte que mes cheveux étaient trempés, et je mis mon capuchon. Il pleuvait beaucoup et le vent soufflait fort. J'aime la pluie et le vent. J'aime l'automne. J'aime la couleur des arbres, le reflet du ciel blanc sur le trottoir noir, les gouttes qui telles des lames acérées, vous entaillent la joue de leur tranchant glacial. J'aime les chênes courbés au vent, les têtes baissées, les visages fermés, les imperméables noirs et les parapluies qui fleurissent dans la foule. J'aime le vent qui décoiffe les belles dames, les baskets mouillées, les pigeons qui pataugent dans les flaques, les cheveux trempés, les mains moites et les regards froids et désespérés. J'aime aussi les semelles qui crissent sur le bitume mouillé, les vêtements imbibés d'eau glacée, les chats errants détrempés et les gens figés comme des statues de marbre, soucieux et grelottants, attendant sans bouger l'arrivée de la chaleur d'un bus. J'aime les silhouettes sombres et floues cachées derrière le brouillard blanc, le soleil voilé par d'épais nuages, la colère des cieux et le désarroi des Hommes, l'odeur de la pluie, du tonnerre et du froid.

Parfois, je m'assieds sur la colline près de l'autoroute, et je regarde passer les voitures. La lueur des phares qui se reflète sur le bitume mouillé : à gauche une traînée jaunâtre et à droite une traînée rouge qui disparaît vite dans le brouillard.

Un soir, je marchais, me sentant plus seul que jamais. Orphelin depuis toujours, abandonné à la vie en solitaire, perdu, je ne connaissais personne et personne ne me connaissait. Pourtant j'avais l'impression que dans un passé lointain et oublié, j'avais été heureux. Mais je ne savais dire quand, ni pourquoi. Alors je pensais que je m'étais inventé ce temps joyeux pour me donner l'espoir qu'il revienne un jour.

Pensif, je longeais les rues de la ville, traînant mes pas sur le trottoir. Je passai devant un bar où une bande d'ivrognes riaient sans cesse. Tandis que je m'éloignais, j'entendis quelqu'un crier « Eh, toi ! ». Une demi-douzaine de personnes marchait dans la rue. Je continuais d'avancer. « Eh, attends bon sang ! ». J'avais déjà entendu cette voix… Je ralentis. Impossible. Personne ne me connaissait. « Reviens ! Nom de Dieu, tu ne me reconnais pas ? ! ». Décidément, cette voix m'était familière. J'avais parcouru une douzaine de mètres. Je me retournai. Courait vers moi un jeune homme trapu aux vêtements amples et usés. Il avait des cheveux roux et touffus, le regard pétillant et le sourcil droit en accent circonflexe. Un sourire éclatant naissait sur son visage enfantin tandis qu'il s'approchait. Tout en lui me rappelait un passé oublié, de la couleur de ses cheveux jusqu'au chuintement de ses chaussures.

Alors, clairs comme ils le sont toujours, des dizaines de souvenirs défilèrent dans mon esprit. Ils étaient tous aussi joyeux les uns que les autres et remontaient à huit ou neuf ans. C'était tout ce que j'avais oublié qui m'était revenu en un éclair à la seule vue du jeune homme.

Ce garçon avait été, il y a bien longtemps, un ami très cher avec qui j'avais été heureux. Nous nous étions raconté mille secrets, nous avions fait mille bêtises et mille et une fois nous avions ris.

Et puis il avait fallu se quitter.

Enfin, dans mon errance et ma solitude, j'avais oublié mon ami, puis mon rire et mon sourire.

Mais oublier n'existe pas. Il n'est jamais trop tard pour se rappeler. Il n'est jamais trop tard pour retrouver un ami.

Ce jour-là, je pus répondre à ma question.

Nous sommes là pour nous souvenir, pour ne pas oublier.

Nous existons pour rendre heureux ceux qui ne le sont pas.

Fin

Le règne de Soleil

Moi, c'est François, dit France. Mon meilleur ami c'est Louis, mais avec les copains on l'appelle Soleil à cause de ses cheveux dorés et en référence au roi Soleil. Et puis il y a le reste de la bande. Bruno c'est Pruneau (il aime le violet), un Max s'appelle le Grand et l'autre Minus. Il y a aussi Pam, la seule fille de la classe qui ne soit pas chouchoute des profs. À six, on est la bande la plus cool de l'école, bande qui aime tester l'humour des professeurs ! Au moins une fois par mois, on fait une mauvaise farce à un prof. Ce n'est jamais méchant, et ça pimente un peu la monotonie des cours. Parfois on est convoqués chez le directeur, mais il est très sympa et ne nous punit jamais.

Depuis quelques jours, une nouvelle bande existe à l'école. Cam et Léon (les chefs) l'ont appelée « The

Black Eye ». La bande est essentiellement composée des pires bagarreurs de l'école. Ils sont sept, soit un de plus que nous. Ce sont : Cam, Léon, Jim, Gregory, Alain, Fred et Ange. Tous sont irrespectueux et bagarreurs. Ce sont les sept pires élèves de l'école.

Début novembre, les sales coups ont commencé. D'abord, ce n'était pas trop grave. Vols de goûters, chaussons retrouvés dans les toilettes et menaces gribouillées sur les pupitres. Mais ça s'est vite gâté.

La bande The Black Eye se fait de plus en plus dangereuse. Ils n'hésitent plus à s'attaquer même aux professeurs. Ce soir, c'est réunion de toute notre bande au pied du lampadaire au centre de la cour de récréation. Soleil, Pam, Minus, le Grand, Pruneau et moi parlons dans le rond de lumière, sous les étoiles. Soleil dit :

– Il faut faire quelque chose !

– Oui, acquiesce Pam, nous ne pouvons pas rester les bras croisés pendant qu'eux saccagent notre école !

– Bien sûr, mais que faire ? questionne Pruneau. Et puis tous les élèves connaissent les coupables, mais personne ne les dénonce, alors pourquoi nous ?

– Non ! Je ne dénoncerai jamais personne ! J'ai mon honneur, moi ! s'exclame le Grand.

– Honneur ? interroge Minus. Le Grand lui ébouriffe les cheveux en chuchotant :

– Un truc de grands, t'inquiète pas.

– Il faut pourtant qu'on décide quelque chose, insiste Pam. France ! Tu n'as rien dit. Une idée ?

– Hélas non, aucune. Nous devrions trouver un moyen de les arrêter…

– Par la force ! Oui, c'est ça ! Organisons une bataille et battons-les ! crie Soleil.

– Oui… Donnons-leur une bonne leçon ! jubile le Grand.

– Je ne sais pas me battre, s'exclament en chœur Pruneau et Minus.

– Personne ne se battra ! intervient Pam. Êtes-vous tous devenus fous ? Nous étions une bande farceuse et innocente et nous le resterons ! Ce n'est pas The Black Eye qui fera de nous des bandits ! Eh ! Réveillez-vous ! Ne voyez-vous pas que vous tombez dans le piège des Black Eye ?

– Elle a raison ! ajoutai-je. Ne devenons pas comme eux, voleurs et menteurs ! Nous sommes encore des enfants n'est-ce pas ?

– Soleil, à quand la prochaine blague ? demande Pruneau, apparemment convaincu par Pam et moi.

Depuis un moment, Soleil me fixe. Son regard est ailleurs. Il a l'air de réfléchir très sérieusement. Soudain, son visage change. C'est comme s'il revenait d'un long voyage à l'intérieur de lui-même. Maintenant, il me fixe vraiment, moi. Il s'approche et me murmure à l'oreille un discours qui me changera à jamais :

– Ne comprends-tu pas, François, qu'après les farces de gamins il y a la vraie vie ? C'est une immense et unique occasion qui s'offre à toi, François, l'occasion de devenir un homme... Mais pas n'importe lequel ! Un homme libre, sans foi ni loi ! Un hors-la-loi dis-tu ? Oui, c'est cela. La foi est pour les pauvres, la loi pour les lâches. Viens avec moi, François, et tu seras riche. Quitte ces enfants imbéciles, ils te pourriront la vie. Suis-moi dans mon royaume, le plus beau de tous ! Tu y seras libre, riche et heureux, là-bas, tu seras un homme !!! Maintenant dis-moi, François Morier, quel est ton choix ?

Sans même prendre le temps de respirer, je réponds OUI. C'est une réponse folle, hasardeuse, comme accepter de jouer à la roulette russe. L'enjeu est-il aussi important ? Peut-être. Je me dis : le jeu en vaut la chandelle. Soudain, une idée me transperce : serait-ce là la preuve que je pense comme un enfant ? Serais-je donc vraiment comme Pruneau, Pam, Minus et le Grand que Soleil qualifie d' « enfants imbéciles » ? Et pourquoi ces surnoms ? Soleil qui va devenir un homme libre m'appelle par mon vrai nom. Serait-ce encore un signe de ma puérilité ? Serais-je fait plus pour le jeu que pour la richesse ou la liberté ? Serais-je un enfant imbécile ? N'aurais-je donc jamais droit au bonheur d'un homme riche et libre ? Resterais-je à jamais un enfant, comme Peter Pan ? Je tressaille. Quelle comparaison de bébé ! Cette fois, j'en suis sûr, c'est la preuve que je ne deviendrai jamais un homme libre. Je dis :

– Je ne partirai pas.

– Pourquoi ? Tu as promis ! s'enflamme Soleil.

– Je ne peux pas. Je suis ici chez moi.

– Il ne s'agit pas de partir, mais de changer ! Il s'agit de grandir !

– Oui, j'y ai pensé…

– Et bien ?

– …et je me suis comparé à Peter Pan.

Soleil me dévisage d'un air dégoûté, déçu et méprisant, comme si je n'étais qu'un misérable. Il fait une grimace puis observe toute la bande. Enfin, il murmure « enfants imbéciles » nous tourne le dos et disparaît dans la nuit.

Depuis le discours de Soleil et son entrée dans la bande The Black Eye, je passe des nuits blanches à me questionner. J'analyse en boucle chaque phrase, chaque mot que Soleil m'a chuchoté sous le lampadaire. Il a parlé de vraie vie, d'un homme libre, de foi, de loi, de hors-la-loi, de bonheur, richesse et liberté, d'un royaume, de lâches, de pauvres et d'enfants imbéciles. Tant de choses à la fois ! Tout ça pour essayer de me convaincre de le rejoindre chez les Black Eye ! Et dire qu'il a failli réussir ! Mais le pire, c'est ces questions que je me suis posées par après : suis-je un enfant imbécile ? Ne grandirais-je jamais qu'à l'extérieur ? Ne serais-je jamais qu'un enfant ? Jamais un adulte ? Devrais-je renoncer pour toujours à l'homme libre ? N'aurais-je après tout aucun avenir ? Ces questions me tourmentent, me bouleversent.

D'après Soleil, la vraie vie est celle de l'homme libre. Mais qu'est-ce que la vraie vie ? Qui est cet homme libre ? Sûrement un homme qui n'a que des droits sans aucun devoir. Un homme qui peut faire ce qu'il veut et qui le fait. Toujours d'après Soleil, liberté et richesse seraient liées. Cela me paraît logique. L'homme libre a accès à tout, argent compris. Maintenant, liberté et richesse feraient le bonheur. C'est évident. Voilà donc le mystère de la vraie vie résolu : la vraie vie est celle de l'homme qui acquiert une grande liberté, celle-ci lui donnant accès à autant d'argent qu'il souhaite, il s'enrichit et achète son bonheur et donc sa vraie vie.

Me voilà dégoûté par cette conclusion. Ce que Soleil appelle la vraie vie ne serait qu'une existence dans l'excès ? Et cette liberté pleine de dettes ? Et ce prétendu bonheur enfoui sous des milliers de pièces d'or ? Et enfin, cet être parfait, cet homme libre, ne serait qu'un misérable enchaîné à son avidité ?

Pourquoi, soudainement, je me mets à me poser

toutes ces questions ? Quelques jours auparavant je les aurais chassées de mes pensées et je serais allé m'acheter un bonbon. Mais je n'ai plus envie de bonbons, comme je n'ai plus envie de faire des blagues ni de jouer à cache-cache. Toutes ces habitudes, d'un instant à l'autre, je les ai perdues. Je ne serais donc plus un enfant imbécile ? Que vais-je alors devenir ?

***

Aujourd'hui, dimanche, nous sommes à nouveau réunis, toute la bande, sous le lampadaire de la cour.

Quelques semaines après le discours de Soleil, j'ai déménagé. Juste avant mon départ, on s'est donné rendez-vous tous les cinq dans dix ans, même jour même heure même lieu, comme dans la chanson. Quelle joie de tous les revoir ! Chacun a fait son chemin. Pam étudie la médecine, Pruneau débute dans le domaine de la maçonnerie, Minus entre au collège et le Grand enchaîne les petits boulots. Moi, je peux à présent répondre à ma question vieille de dix ans « que vais-je devenir ? ». Sans aucun doute, je suis un homme heureux. Libre ? Certainement pas, et encore moins riche. Mais mon sourire me donne des ailes, et ma joie vaut de l'or. Ce que Soleil appelle la vraie vie, voilà ce qui m'arrive.

Parlons-en d'ailleurs. Ce cher Soleil tend la main quelque part, au coin d'une rue perdue. Le malheureux a pris la fuite peu de temps après mon départ. Personne ne sait ce qu'il a fait ni où il a vécu pendant plusieurs années, mais dès qu'il a atteint sa majorité il n'a plus quitté la table de jeu. Soleil a passé des nuits et des nuits entières à jouer au casino. En quelques mois il a tout perdu, sauf un fond de monnaie pour m'envoyer une lettre à mon nouvel appartement (je ne sais comment il a appris mon adresse). Dans cette courte lettre, il m'a expliqué que jamais il ne s'était senti plus libre ni plus heureux qu'au casino, et m'a souhaité bonne chance à l'avenir en ajoutant qu'il est désolé, qu'il est plus joueur que moi, que c'est lui l'enfant imbécile et qu'à présent il m'attend sous un lampadaire (il n'a pas précisé lequel) pour que je vienne lui murmurer « enfant imbécile » lui tourner le dos et disparaître dans la nuit, comme il l'avait fait jadis.

***

Il fait froid, les rues sont glacées et sombres. Je suis seul dans le cimetière, debout devant la tombe. Je murmure :

– Il paraît que tu es mort sous un lampadaire

éteint. Je viens donc t'apporter de quoi t'éclairer jour et nuit. Ce sera ton petit lampadaire. Il brillera toujours, comme tes yeux dans ma mémoire brilleront toujours. Il te réchauffera aussi. Comme les nuits se font froides ! Voilà. Je dois te laisser. Je le pose là. Prends-en soin. Adieu !

La tombe de Louis Rifra reste encore aujourd'hui la seule ornée d'un soleil en or.

Fin

Vert & Rouge

A Lauriane, Yves, Line et Éloi

Un garçon, yeux marrons, cheveux châtains, jeans et t-shirt, dans le train. Les écouteurs aux oreilles, les jambes allongées sur le siège d'en face, la tête appuyée contre la vitre, Hugo, petit gars comme les autres, allait chez sa grand-mère.

Hugo regardait le paysage qui défilait à côté de lui ; le ciel nuageux, gris, triste, l'orage sur les champs fleuris, la pluie qui s'abattait bruyamment sur les prés verdoyants, le vent qui faisait plier les coquelicots, les pissenlits, les pâquerettes. C'est si triste la pluie sur le printemps. Une heure passa et le paysage changea. Il avait arrêté de pleuvoir et un lac bleu, paisible, lisse, s'étendait à perte de vue. À son bout se couchait le soleil, séparant en deux le lac d'un épais trait rouge.

A la gare, Hugo prit le bus, ligne cinq. Il faisait nuit à présent. Assis en face de lui, un homme d'une quarantaine d'années, visiblement ivre, tentait de résister au sommeil. Plusieurs fois il s'assoupit, mais lorsque sa tête tombait sur sa poitrine, l'homme se réveillait en sursaut et murmurait quelques injures. Hugo l'observait dans sa lutte. Au bout d'une vingtaine de minutes, l'homme s'endormit pour de bon.

Le bus traversait maintenant une forêt de hauts sapins noirs, qui avait l'air étrangement lugubre la nuit. Hugo sortit à un arrêt au bord de la route qui longeait les arbres. Après un quart d'heure de marche, le jeune garçon arriva à la maison de sa grand-mère, à la lisière de la forêt. Hugo entra sans frapper. Il déposa silencieusement ses chaussures et sa veste, puis monta à l'étage. Le garçon prépara ses affaires pour la nuit, lentement et sans bruit. Il enfila son pyjama, se brossa les dents et découvrit sa grand-mère endormit sur le canapé du salon.

Hugo décida de profiter du magnifique coucher de soleil, comme il en avait l'habitude. Il sortit sur le toit par un Velux. Les tuiles rouges brillaient. Depuis sa place, Hugo pouvait voir la pinède qui cachait le lac. Quelques rayons rouges et rasants traversaient la forêt, filtrés par les troncs et les épines des conifères.

Le soleil, gros, rouge et fatigué disparaissait lentement à l'horizon. Les pétales des fleurs se froissaient, se plissaient et doucement se refermaient sur elles-même. De longues nuées de nuages calmes, oranges, flottaient impassiblement dans le ciel. Hugo regardait le soleil s'en aller, abandonnant le monde à la nuit, le froid, la lune ronde et pâle. Et, comme à chaque coucher de soleil, il plongea dans ses souvenirs.

Hugo resta là longtemps, parfois fixant un point invisible à l'horizon, parfois fermant les paupières et humant le parfum doux des prés et des grillons au crépuscule. L'air absent, il suivait du regard le dernier vol d'un papillon qui mourrait avec le soleil.

Lorsque les dernières lueurs du jour disparurent, Hugo se laissa glisser à l'intérieur de la chambre. Son lit était fait, sa grand-mère avait tout préparé. Le jeune garçon s'enfouit sous la couverture fraîchement lavée. Il s'endormit, pensif.

Le lendemain Hugo fut réveillé par des bruits de vaisselle venant de la cuisine. Il s'habilla rapidement puis descendit manger le petit-déjeuner. Sa grand-mère l'attendait à table, en train de lire le journal. Elle avait soixante-trois ans mais en paraissait cinquante. Ses gestes étaient énergiques, son visage souriait et elle avait les mêmes yeux que son petit-fils. Elle s'appelait Adèle.

Ce matin, Adèle se rendait au marché, dans le village à quelques kilomètres de là. Hugo resterait seul à la maison jusqu'au retour de sa grand-mère.

Peu après le départ d'Adèle, Hugo aperçut, depuis la fenêtre de sa chambre, trois ballons gonflés à l'hélium qui se dirigeaient vers la maison. Les ballons étaient attachés ensemble et à leur bout pendait une enveloppe rouge. Ils perdaient progressivement de l'altitude et finirent leur course dans un bouquet de pissenlits, au milieu du jardin.

Hugo dévala les escaliers et sortit en courant chercher la lettre rouge. C'était si étrange, si surprenant, que Hugo marqua un temps d'hésitation avant de décacheter le message. Mais tout était trop mystérieux pour laisser le suspens planer plus longtemps. Le garçon ouvrit fébrilement l'enveloppe. La lettre qui se trouvait à l'intérieur était aussi écarlate que du sang et recouverte d'une écriture fine et inclinée. L'auteur du message rouge n'avait pas signé, et aucune adresse n'avait été inscrite, mis à part « *Loin, là-bas, ailleurs sûrement* ». Hugo commença la lecture de la lettre :

Salut,

Je n'aurai qu'une question à te poser. Mais réfléchis avant de répondre, n'est-ce pas ?

Tu répondras à cette question, si tu le veux bien, par une lettre que tu jetteras dans le jardin. N'est-ce pas ? Alors voilà : hier soir, comme à tous les couchers de soleil auxquels tu assistes, à quoi pensais-tu ? Assis, immobile, si mélancolique, je me demande, cher Hugo, à quoi donc pouvais-tu bien penser ?

Hugo entra dans une profonde méditation. Le fait qu'il reçoive une lettre par ballons de la part d'un inconnu qui connaît son nom ne le perturbait pas. Hugo, étrangement, se sentait parfaitement à l'aise sur ce point. Mais cette question : « à quoi pensais-tu ? » le touchait en un endroit de son cœur et de sa vie qui était resté secret, intime. Jamais personne ne l'avait surpris contemplant le soleil, l'air absent. Jamais jusqu'à maintenant. Hugo s'empara d'un stylo et d'une feuille de papier vert émeraude, couleur qui, à son avis, répondrait parfaitement à l'écarlate reçue. Il mordilla un instant l'extrémité plastique de son stylo, choisissant avec soin les mots appropriés, puis se mit à écrire :

Cher inconnu,

Effectivement, votre lettre m'a fait réfléchir. Je me suis posé, à sa lecture, différentes questions. Dois-je prendre mon interlocuteur au sérieux ? Dois-je répondre à une question si personnelle ? Il m'a semblé après quelques réflexions que ce serait l'occasion de raconter à quelqu'un « mon histoire ». Pourtant, avant de vous répondre, je voudrais vous connaître un peu. On n'écrit pas une lettre sans savoir à qui on a affaire, ce serait irrespectueux.

Hugo signa et comme indiqué par la lettre rouge, jeta son message par la fenêtre de sa chambre qui donnait sur le jardin. Puis le jeune homme attendit. Renversé sur sa chaise, les yeux mi-clos, il pensait au contenu de la prochaine lettre qu'il enverrait. Soudain la réponse écarlate de l'inconnu franchit la fenêtre dans un courant d'air frais. Hugo l'ouvrit et la lut à haute voix :

Salut Hugo,

Moi, c'est Maximilien. Qu'importe mon nom ou mon âge. N'est-ce pas ? Je m'ennuie terriblement ces temps-ci, et te voir si rêveur m'a intrigué. Voilà la raison pour laquelle je t'ai écrit. De plus, tu m'as l'air d'avoir bien des choses à raconter, et j'aurai plaisir à te lire.

Réponds-moi vite ! N'est-ce pas ?

Maximilien

Hugo s'empara une seconde fois de son stylo. Il eut beaucoup de peine à se recentrer sur ses rêveries de la veille, et encore plus à trouver les bons mots, les meilleures formulations pour décrire le plus exactement possible ses pensées. Enfin, son stylo se mit à gratter le papier émeraude :

Bonjour Maximilien,

A la vue de couchers de soleil, je repense à mes meilleurs souvenirs. Je suis musicien et j'ai participé à plusieurs concerts et j'en ai aussi écouté beaucoup. Et ce sont les prestations auxquelles j'ai assisté qui me laissent rêveur. Toutes sont à jamais gravées dans ma mémoire. Les membres de l'orchestre que j'allais écouter, je les connaissais presque tous, et la plupart étaient des amis très chers. Jamais je ne les oublierai. Ils étaient pour moi comme des frères et sœurs, et je les aimais, ils me manquaient... J'attendais toujours avec impatience le prochain concert pour les voir à nouveau. Mais il fallait patienter des mois, et parfois je ne pouvais pas y aller. Bien sûr, aucun musicien ne se doutait de mon attachement pour eux. Moi, petit musicien débutant, timide et discret, je ne leur parlais presque pas. Eux ne me connaissaient pas, je n'étais pas une exception, je ne les intéressais pas, je passais inaperçu. Je les observais dans mon coin, et de plus en plus, je les aimais. J'observais leurs gestes, j'enregistrais chacune de leurs paroles, leur rire, leur nom, je gravais en moi leur sourire, leur visage, leurs yeux... Ainsi, j'appris à connaître plusieurs musiciens en très peu de temps, et mon cœur accueillit bien des personnes.

Chaque concert me procurait une joie immense. Depuis ma place, je surveillais tous les musiciens. Je vérifiais qu'ils étaient tous bien là, que chacun occupait sa place respective dans l'orchestre. Je m'assurais du nombre de flûtistes, percussionnistes, trompettistes... Lorsque je rencontrais le visage d'un ami, je souriais. Et puis j'écoutais aussi attentivement. Chaque note coulait en moi comme un fleuve à la mer, j'étais absorbé par une douce mélodie qui semblait me protéger de toutes les misères du monde. C'était un moment magique, ensorcelant, merveilleux. J'espérais ne rien oublier, tout me rappeler pendant des années. J'avais si peur de les perdre ! Je les aimais tant, ils étaient si uniques, si gentils, si bons !

Hugo s'arrêta un instant. La sensation de bonheur éprouvée durant les concerts lui revenait. Il souriait. C'était la première fois qu'il exprimait en mots ses souvenirs, et il comprit que cela permettait de graver à jamais sur papier ses plus anciennes pensées. Hugo reprit :

J'étais heureux de les revoir, mais déjà anxieux du départ. Car après le troisième bis, après le dernier applaudissement, après la dernière révérence du chef d'orchestre, après le rallumage de la salle, il me fallait partir. Je devais quitter ce merveilleux monde qu'est la musique. Je devais tourner le dos à mes amis, sans un au revoir, sans un regard par-dessus mon épaule. C'était déchirant. Je partais sans même savoir quand je reviendrais, je partais noyé dans l'incertitude, pour peut-être rien qu'une semaine ou alors de longs mois. Je n'en savais rien. Il me restait l'espoir. L'espoir de voir apparaître au coin d'une rue le sourire d'un ami, sur un parking la voiture de tel musicien, entre les rayons d'un supermarché le visage de tel autre, par la fenêtre ouverte du local de répétitions un rire familier. Cet espoir déferlait en moi comme une vague chaque fois que je me trouvais en ville et chaque soir lorsque je contemplais les lumières de la ville accoudé au rebord de la fenêtre de ma chambre. À ces moments-là, fixant les immeubles au loin, je me disais que cette flûtiste que j'aime tant, que ce trompettiste que je n'ai pas revu depuis cinq mois se cachent derrière une de ces lumières. Je me disais : « Demain je les verrai, il faut garder espoir même si hier comme aujourd'hui personne ne m'attendait au coin de la rue ». Je donnais ainsi au lendemain une allure de miracle, de sauveur. Chaque jour je restais seul, et chaque nuit j'attendais patiemment le jour suivant. Et c'est comme ça que passaient les journées, les semaines, puis les mois jusqu'à la nouvelle prestation.

Hugo regarda l'heure : onze heures et demie. Sa grand-mère allait arriver. Il signa et lança l'enveloppe verte dans le jardin. Dix minutes plus tard, Adèle rentra, portant deux sacs débordants de fleurs, fruits et légumes.

Après avoir mangé, Hugo monta précipitamment dans sa chambre. Mais aucune lettre rouge ne l'attendait, ni sur le bureau, ni suspendue à trois ballons en plein ciel. Déçu, le jeune garçon sortit dans le jardin et alla s'étendre par terre à l'ombre d'un bouleau, balayant l'azur du regard. Il faisait particulièrement chaud ce jour-là, pourtant le mois de mai n'était pas encore passé. Le soleil éclatant rendait l'herbe plus jaune, et les arbres vert pomme semblaient renaître d'un long hiver. Le ciel restant résolument vide, Hugo décida de se rendre en forêt.

L'adolescent marchait au milieu des résineux hauts et noirs. Leurs épines entrecroisées arrêtaient le moindre rayon de lumière, et sous cette armure naturelle il faisait nuit en plein jour. Le sol était tapissé de longues et fines épines oranges, de pives, de rameaux secs et de vieux champignons couverts de mousses humides. Le temps, sous les cimes des conifères, semblait n'avoir jamais existé. Aucun oiseau ne chantait, aucune faible brise n'agitait les épines noirs des sapins. Le silence planait, pesant, comme s'il était responsable de l'absence de vie en ce lieu mystérieux. Seules les branches qui craquaient sous les pas de Hugo brisaient la tranquillité stagnante.

Soudain, Hugo aperçut plus loin une lueur jaune, filtrée par les arbres ; c'était un rayon de soleil qui luisait à une trentaine de mètres. Le garçon s'approcha lentement, sans un bruit. A chaque pas, la lueur devenait plus forte, moins vacillante, et de plus en plus de rayons entouraient Hugo. En un instant, la lumière devint feu ; aveuglé, l'adolescent ferma les yeux. Lorsqu'il les rouvrit, il se trouvait à la frontière d'une clairière inondée de soleil. Tout brillait. La clairière était petite certes, mais elle semblait s'enfuir jusqu'au ciel. Les herbes folles d'environ septante centimètres de haut étaient vertes très claires, et mêlées dans ces grandes touffes, des coquelicots écarlates, des boutons d'or éclatants, des marguerites immenses, des primevères de toutes les couleurs, des pissenlits jaunes et argentés, des sauterelles, des grillons, des papillons grands comme la paume de la main. Hugo, ébloui par la magnificence des lieux, restait immobile. Il éprouvait toujours la même sensation étrange que le temps était arrêté, et il était incapable de penser à quoi que ce soit. Comme envoûté.

Au bout d'une ou deux minutes, reprenant ces esprits le garçon chercha la source de cette clarté. Ce devait être le soleil. Il leva les yeux : le ciel qui recouvrait ce spectacle était bleu immaculé, et complètement désertique. Hugo avait beau chercher, pas de soleil, pas un nuage, pas même un oiseau. La clarté paraissait venir de nulle part, ce qui donnait un air magique, merveilleux, si merveilleux que cela en devenait malsain. Ce silence impénétrable, cette lumière autant énigmatique qu'inquiétante, envahirent l'adolescent. Soudain terrifié par la beauté éternelle et le feu inconnu qui brûlait dans la clairière, Hugo quitta à toute jambe ce lieu maléfique.

Le lendemain, Hugo repartit. Il n'avait pas reçu de réponse de Maximilien, et commençait à douter de son existence. Attendant le bus ligne cinq, il pensa qu'après tout rien n'avait changé.

Un garçon, yeux marrons, cheveux châtains, jeans et t-shirt, dans le train. Les écouteurs aux oreilles, les jambes allongées sur le siège d'en face, la tête appuyée contre la vitre, Hugo, petit gars comme les autres, rentrait à la maison.

Fin

Vous, voisins

A tous les voisins

Thomas était assis, comme tous les jours, sur le toit de sa maison. Que faisait-il là-haut ? Rien. Il attendait. Qu'attendait-il ? Cela, lui-même n'en était pas certain. Peut-être attendait-il les premières hirondelles de la saison ? Ou que le garçon qui faisait du roller en-bas dans la rue, tombe et se blesse ? Ou que la voisine de droite arrose ses hortensias ? Ou que le pigeon à côté de lui s'envole et aille piailler un peu plus loin ? Ou encore attendait-il de sentir enfin les limites de sa patience ? Ça pouvait être tout et rien. N'importe quand, jours et nuits, étés comme hivers, sous la pluie ou la neige, Thomas restait là, à observer les alentours depuis le toit d'une maison.

Depuis le temps qu'il regardait la vie sous lui, il connaissait les villageois mieux que personne. Chacun avait sa vie, sa personnalité.

Il y avait d'abord la voisine de droite, Madame Fabien.

Madame Fabien était une femme d'une quarantaine d'années, qui paraissait plus jeune qu'elle ne l'était. Elle avait de longs cheveux blonds et bouclés, qu'elle n'attachait jamais. Elle portait la plupart du temps des robes drapées unies, ce qui lui donnait un air de romaine. Ses yeux... ses yeux étaient tantôt bruns et tantôt d'un vert profond. Mais tout cela n'a pas d'importance. Thomas avait remarqué à plusieurs reprises la personnalité étrange de Madame Fabien. Par exemple, un jour, lorsqu'elle arrosait ses hortensias – ce qu'elle faisait quotidiennement – elle se mit à parler à voix basse, mais suffisamment fort pour que Thomas sur son toit puisse entendre ses dires. Il était question d'un certain Monsieur Rif, qu'elle aurait rencontré au marché aux puces, quelques jours auparavant. Déjà là, c'était étrange. Jamais aucun marché aux puces n'avait été organisé dans le village, de plus Madame Fabien ne sortait de chez elle que pour arroser ses hortensias. Mais ce n'était pas fini. Ce Monsieur Rif (qui était, d'après elle, un spécialiste du jardinage) lui aurait donné un « précieux conseil » pour que ses hortensias ne fanent plus. Son conseil était simple : il fallait qu'elle parle à ses fleurs, leurs raconte des histoires, et cetera. Madame Fabien avait l'air sûre de ce qu'elle disait et certaine de continuer chaque jour à parler à ses plantes. Bizarrement, le lendemain, elle ne sembla plus se rappeler de rien.

A présent, parlons des voisins de gauche.

C'était une famille de cinq enfants et leurs parents, qui habitait une grande maison. La maman, Clotilde, ne travaillait pas. Elle rangeait et nettoyait la maison, cuisinait, s'occupait de ses enfants. Le père, Monsieur Wallace, était un homme d'affaires qui disparaissait parfois plusieurs jours pour revenir les poches pleines d'argent. Les enfants étaient très charismatiques. Le cadet, Théo, avait quatre ans. Il était têtu, chamailleur, arrogant et menteur. Il embêtait tout le temps ses frères et sœurs en déchirant leurs devoirs, en fouillant leur chambre ou encore en crachant sur leur lit. Puis il y avait Myriam, âgée de cinq ans. Myriam était le contraire de son petit frère. Elle était sage, obéissante et avait une envie d'apprendre très prometteuse. Sa grande sœur Agnès avait deux ans de plus qu'elle. Agnès était studieuse, calme et travailleuse. Son seul défaut : elle était la pire des égoïstes, ce qui lui valait bien des problèmes. Antoine, onze ans, était réservé, rêveur et très susceptible. L'aînée Laura atteignait bientôt sa majorité. Au final, la famille Slabo était très agitée.

Et n'oublions pas les voisins d'en face.

Monsieur et Madame Bird étaient sûrement de tout le voisinage les personnes que Thomas appréciait le plus. C'était un vieux couple d'Anglais qui respectait admirablement ses habitudes. Tous les soirs à cinq heures moins le quart, Madame Bird descendait à la cuisine. Ses cheveux bruns étaient quotidiennement serrés en un chignon derrière sa tête. De profondes rides traversaient son front, et ses yeux gris clairs miroitaient sa sagesse et son expérience acquise au cours de sa longue vie. Ses vêtements étaient habituellement sombres et soigneusement repassés. A la cuisine, elle préparait le thé dans une vaisselle en porcelaine décorée à la main de motifs floraux dorés. Sur chacune des deux tasses étaient peintes les initiales de Monsieur et Madame Bird. Une fois le thé prêt, Madame Bird appelait son mari en demandant « *A cup of tea, darling ?* » Et il répondait « *Yes, of course. I'm coming, darling.* » Le reste de la journée, Monsieur Bird assis dans son fauteuil au salon, lisait un livre ou le journal en fumant sa pipe. Sa femme, elle, brodait des bouquets de fleurs sur de petits napperons. La nuit tombée, ils souhaitaient une bonne nuit à leur chien et montaient se coucher au deuxième. En fermant ses volets, Madame Bird adressait toujours un grand sourire à Thomas qui l'observait assis sur son toit, à une vingtaine de mètres en face d'elle. Puis Monsieur Bird, ses quelques cheveux gris méticuleusement brossés, son regard noir et pétillant, sa robe de chambre bordeaux et sa moustache en guidon de vélo, éteignait la lumière. Thomas se retrouvait seul avec la lune et les étoiles.

C'est alors qu'il comprit. Il comprit enfin pourquoi il restait là, sur son toit, à attendre. Ce qu'il attendait, c'était quelque chose qui le changerait. Qui changerait sa vie. Car il voulait devenir comme Madame Fabien, la famille Slabo et Monsieur et Madame Bird. Il voulait avoir sa propre personnalité, son histoire à lui. Mais comment ? Il décida que la réponse lui viendrait un jour ou l'autre.

Il attendit, figé sur son toit, droit comme les cheminées qui l'entouraient. Les jours, les mois et les saisons passèrent. Les années passèrent. Toujours la même routine : roller, arrosage, lecture, volets. Un hiver, Thomas tomba malade. La maladie empirait de jour en jour. Et un matin de printemps, sous un vol d'hirondelles, Thomas mourut. Il mourut avec la certitude que personne ne remarquerait sa mort, car personne ne pensait à lui et qu'ainsi il serait vite oublié, seul, mort sur son toit. Thomas ne se doutait pas de la trace qu'il avait laissée dans la mémoire de chacun de ses voisins.

Antoine était bien triste que l'étrange garçon d'en-haut ne l'observe plus faire du roller.

Madame Fabien regrettait que personne ne soit là pour écouter ce qu'elle racontait à ses hortensias.

L'enfant seul sur son toit manquait à Madame Bird qui ne souriait maintenant qu'à un ciel étoilé et à une paire de cheminées.

Aucun de ses voisins n'oublia Thomas, le garçon des toits.

Fin

Nouvelles

Souvenirs vagabonds	9
Le Hibou	21
Automne	27
Le règne de Soleil	35
Vert & Rouge	47
Vous, voisins	63